STILL DREAMING
SEGUIMOS SOÑANDO

by/por **Claudia Guadalupe Martínez**

illustrated by/ilustrado por **Magdalena Mora**

translated by/traducido por **Luis Humberto Crosthwaite**

Children's Book Press
an imprint of Lee & Low Books Inc.
New York

To my Apá—who made the first of many willing and unwilling journeys to and from the US as a boy in the 1940s—and to my Amá —who took a leap of faith to join him in Tejas to raise a family.

Para mi Apá, que durante su infancia, en los años cuarenta, hizo muchos viajes voluntarios e involuntarios de ida y vuelta a los Estados Unidos. Y para mi Amá, que, como un acto de fe, viajó a Tejas con él, para formar una familia.
—C. G. M.

For Irene

Para Irene
—M. M.

Our little house, where Mamá's bisabuelo buried the pecan that turned into a tree, is almost empty. This is our last night in our home.

Tomorrow we are leaving for a place Mamá and I have only visited in Papá's stories.

Nuestra casa pequeña, donde el bisabuelo de Mamá plantó una nuez que se convirtió en árbol, ahora se encuentra casi vacía. Esta es la última noche que pasamos en nuestro hogar.

Mañana viajaremos a un lugar que Mamá y yo solo hemos visitado en las historias de Papá.

I tiptoe behind shadows. I hide in the corners, hearing things I'm not supposed to know. They took away my friend's father a few days ago. Others have been forced to leave too.

Mamá whispers to my tías that Papá could be next. Leaving our home is the only way to stay together as a family.

She stuffs our things into boxes.

—

Camino de puntitas entre las sombras. Me escondo en los rincones para escuchar cosas que no debería saber. Hace unos días se llevaron al papá de un amigo. A otros también los han forzado a partir.

Mamá le susurra a mis tías que Papá podría ser el siguiente. Dejar nuestro hogar es la única manera de que la familia permanezca unida.

Ella empaca nuestras cosas en unas cajas.

The next day, Papá rolls out a map on the hood of our car and traces the road to show how far we have to drive.

Al siguiente día, Papá extiende un mapa sobre el cofre de nuestro carro y muestra el largo camino que vamos a recorrer.

I hug my tías goodbye. They say they will be right here waiting for us. Waiting for things to change. I don't want to let go of them.

Les doy un abrazo de despedida a mis tías. Me dicen que se quedarán aquí, esperando que regresemos. Esperando que las cosas cambien. No quiero soltarlas.

Time goes faster than I want. Just like that, we're in the car. We drive away at sunset when it's not as hot. The road crunches underneath our tires.

El tiempo pasa más rápido de lo que me gustaría. De pronto
ya estamos en el carro. Salimos al atardecer cuando no hace
tanto calor. La carretera cruje bajo las llantas.

We drive past the field where my friends and I played catch after school.

Many of my friends' families left too. Some didn't have tías to stay behind and keep an eye on things. Their houses are empty now.

Pasamos por los campos donde mis amigos y yo jugábamos a la pelota después de la escuela.

Muchas de las familias de mis amigos se han marchado también. Algunos no tenían tías que se quedaran para cuidar sus cosas. Ahora sus casas están vacías.

A line of people with suitcases curls around the block into the middle of town. The line zigs past the boarded-up panadería, where Mamá would buy sweet bread on Sundays. It zags past the shops we were never allowed to enter. The line leads to the train station.

I look to see if I know anyone in the line.

Una fila de personas con maletas rodea la cuadra hacia el centro de la ciudad. La fila pasa frente a la panadería cerrada, donde Mamá compraba pan dulce los domingos. Se extiende más allá de las tiendas donde no nos dejaban entrar. La fila llega a la estación de trenes.
Veo si reconozco a alguien en la fila.

GROCERY CO.

PANADERÍA

WE SERVE
WHITES
only
NO
MEXICANS

We drive further and further away until there are no city lights.
The sky unfolds into so many stars.

Nos alejamos cada vez más hasta que desaparecen las luces de la ciudad.
El cielo se llena de estrellas.

Papá's eyelids start to droop. Mamá passes around burritos for us to eat in the car and to help keep Papá awake. I chomp down and watch the never-ending sky.

Los párpados de Papá se empiezan a cerrar. Mamá reparte burritos para comer en el carro y ayudar a que Papá no se duerma. Me los como mientras miro el cielo interminable.

A star shoots across the sky. I make a wish.

Una estrella fugaz cruza el cielo. Pido un deseo.

We stop on the side of the road where there is a campfire
and lots of people.
Papá pulls out his guitar and strums a sweet, sad song.

Paramos a un lado de la carretera, donde hay una fogata y mucha gente.
Papá saca su guitarra y toca una dulce y triste canción.

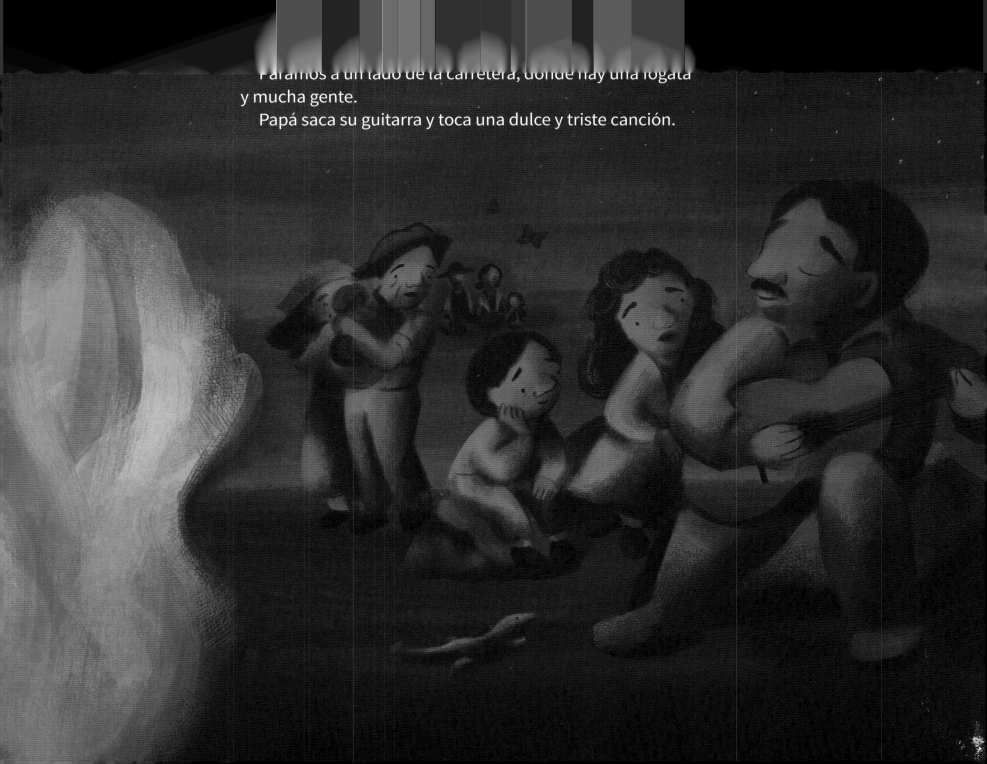

The people on the road are like us. They talk about their lives before.

In Alaska, some pulled nets for the fisheries. Wool underwear, thick sweaters, and cinnamon tea warmed them in their boarding rooms.

Las personas en el camino son como nosotros. Hablan sobre la vida que llevaron antes.

En Alaska, algunos trabajaban jalando redes para las empresas de pescadería. Usaban calzoncillos largos de lana, suéteres gruesos, y bebían té de canela para calentarse en sus cuartos.

In Los Angeles, some owned small shops in the barrios, where they lived in rows of apartments.

En Los Ángeles, algunos eran dueños de tienditas en los barrios, y vivían en vecindades.

In Michigan and Minnesota, whole families thinned, tilled, and weeded the land. They picked sugar beets and other crops. They lived in their own wood-framed houses.

En Michigan y Minnesota, familias enteras preparaban, deshierbaban y labraban la tierra. Cosechaban remolachas y otros productos. Vivían en sus propias casas de madera.

In Kansas, some helped to build the railroad, laying down wood and steel for tracks. They followed the companies and lived in boxcars.

En Kansas, algunos ayudaban a construir las vías del tren, colocando la madera y el acero para los rieles. Seguían a las empresas y vivían en vagones.

In Chicago, some worked in the meat plants, the steel mills, and offices. They returned from work and hung up their coats on the radiator to dry. Even though they were tired, they would dance to warm their bodies and their hearts.

En Chicago, algunos trabajaban en rastros, oficinas y fundidoras de acero. Regresaban de trabajar y colgaban sus abrigos en los calentadores para secarlos. Aunque estaban cansados, bailaban para calentar sus cuerpos y sus corazones.

Mamá and Papá tell them that, here in Texas, our family picked and shelled pecans. I often helped after school. On those days, we ate dinner in the fields and watched the sun set behind the tree groves. Sometimes Papá played his guitar. Other times we played catch after a long day's work.

Mamá y Papá les cuentan que aquí, en Texas, nuestra familia recolectaba y pelaba nueces. Con frecuencia yo les ayudaba después de la escuela. Aquellos días cenábamos en los campos y mirábamos la puesta de sol detrás de los nogales. Algunas veces Papá tocaba la guitarra. Otras veces, jugábamos a la pelota después de una larga jornada de trabajo.

After a while, Mamá, Papá, and I return to our car to sleep. I toss
and turn in the back seat. I wonder if the moon will be the same where
we're going. I wonder if I will make new friends.
I wonder if my palabras will be good enough to tell them how I feel.

Después de un rato, Mamá, Papá y yo regresamos a nuestro carro. Doy vueltas tratando de dormir en el asiento trasero. Me pregunto si la luna será la misma a donde vamos. Me pregunto si tendré nuevos amigos. Me pregunto si mis palabras serán suficientemente claras para decirles lo que siento.

I dream that we never had to leave. I see the pecan trees and the only home I've ever known. There are no boarded-up houses or shops. My friends and I are back together again. I chase the ball down the field. Everything is just like I wished.

Sueño que nunca tuvimos que irnos. Veo los nogales y el único hogar que he conocido. No hay tiendas ni casas clausuradas.
Mis amigos y yo nos reunimos nuevamente. Persigo la pelota por el campo. Todo es como el deseo que pedí.

The sound of new voices wakes me. We are in a line of cars and people, all waiting to cross the border. Papá must have driven through part of the night.

El sonido de nuevas voces me despierta. Estamos en una fila de carros y gente, esperando cruzar la frontera. Papá debió haber manejado durante parte de la noche.

Mamá reaches back and squeezes my hand.
"I'm not done dreaming," I say and squeeze back.

———

Mamá extiende su brazo hacia atrás y me aprieta la mano.
—No he dejado de soñar —le digo, y aprieto su mano también.

We move forward together.

Seguimos avanzando juntos.

AUTHOR'S NOTE

This story is rooted in a widely forgotten part of history: Mexican Repatriation. Repatriation is the act of sending someone "back to their home country." However, many Mexican Americans were already in their home country. After the Mexican-American War (1846–1848), the Treaty of Guadalupe Hidalgo annexed roughly half of Mexico's prewar territories to the United States. As part of the treaty, the US government promised Mexicans living in those territories—between eighty thousand and one hundred thousand people—the right to US citizenship. The process to claim this citizenship was intentionally complicated by paperwork and a language barrier, leaving many without the rights granted to US citizens.

In the early twentieth century, the Mexican population in the US grew significantly due to an increased demand for labor. US business employers eagerly recruited Mexicans and Mexican Americans because they could pay them less. Desperate to flee poverty, these workers migrated all across the US for jobs. Mexicans and Mexican Americans helped build the railroads. They worked in factories and in fields. They became property owners and opened small businesses.

Mexican Americans and Mexicans also made many cultural and artistic contributions. Intellectuals and academics disseminated ideas through Spanish-language newspapers. These papers enabled writers to publish news, poetry, essays, and even serialized novels. Spanish-language radio and the rise of the recording industry made places with large established Spanish-speaking communities, like Los Angeles, an epicenter for Mexican musicians. Renowned visual artists like José Clemente Orozco and Alfredo Ramos Martínez also came to the US, where they influenced future generations to explore art as a tool for social change.

When the Great Depression hit in 1929, economic hardship brought big changes. Mexican Americans and Mexican immigrants and migrants were told that jobs and social aid were only for "real Americans." Mass repatriations to Mexico began that same year. Stories of repatriates spanned the country. However, the largest number of repatriated people came from Texas. In some cases, non-Mexican people were forcibly removed and sent to Mexico as well. Historians estimate that between 1930 and 1940, two million people living in the United States were "repatriated" to Mexico.

Like the family in *Still Dreaming*, many families that faced repatriation were of mixed immigration status. This meant some family members were immigrants or migrant workers, while others were US-born citizens. To avoid being separated from each other, a considerable number of families left the US of their own accord. It is estimated that about 60 percent of those repatriated were US citizens, many of them children.

The looming fear of being separated from family continues to be a reality for immigrants today. According to the US Department of Homeland Security, more than four million deportations took place from 2009 to 2019. Although there have been proposed policies to offer permanent-resident status to those who arrived in the US as undocumented children, these policies have repeatedly failed to pass in either house of Congress.

Almost one hundred years after the Mexican Repatriation, many of us and our loved ones are still dreaming of permanence. We are still waiting for things to change.

NOTA DE LA AUTORA

Esta historia tiene sus raíces en un pasaje histórico poco conocido: La Repatriación Mexicana. La palabra "repatriación" se refiere al acto de enviar a una persona a su país de origen. Sin embargo, muchos mexicoamericanos ya estaban en su país de origen. Al concluir la intervención estadounidense en México (1846-1848), el Tratado de Guadalupe Hidalgo había anexado más de la mitad de México a los Estados Unidos. Como parte de este tratado, el gobierno estadounidense había prometido a los mexicanos que vivían en esos territorios (entre ochenta y cien mil habitantes) el derecho a la ciudadanía. Pero el proceso para reclamar la ciudadanía se había hecho complicado a propósito debido al papeleo y la barrera del lenguaje. Esto provocó que muchas personas carecieran de los derechos que se brindaban a los ciudadanos de los Estados Unidos.

A principios del siglo veinte creció sustancialmente la población de mexicanos, debido al aumento en la demanda de trabajadores. Los patrones estadounidenses reclutaron con entusiasmo a mexicanos y mexicanoamericanos, porque les podían pagar menos. Desesperados por huir de la pobreza, muchos mexicanos emigraron a los Estados Unidos para obtener trabajos. Los mexicanos y mexicanoamericanos ayudaron a construir las vías ferroviarias. Trabajaron en fábricas y en campos agrícolas. Se volvieron dueños de negocios y propiedades.

Los mexicanos y mexicanoamericanos también hicieron contribuciones artísticas y culturales. Muchos intelectuales y académicos dieron a conocer sus ideas a través de periódicos en español. Estos periódicos permitieron a los escritores publicar noticias, poesía, ensayos y novelas seriadas. La radio en español y el surgimiento de la industria musical transformaron a ciudades con altos índices de hispanoparlantes, como Los Ángeles, en semilleros de músicos mexicanos. Artistas de renombre como José Clemente Orozco y Alfredo Ramos Martínez también llegaron a los Estados Unidos, donde su influencia ayudó a que futuras generaciones exploraran el arte como una herramienta para lograr cambios sociales.

Cuando azotó la Gran Depresión en 1929, los problemas económicos trajeron consigo grandes cambios. Se les dijo a los inmigrantes mexicanos y a los mexicanoamericanos que los trabajos y la ayuda social eran solo para "americanos verdaderos". La repatriación masiva hacia México empezó ese mismo año. A lo largo de todo el país existen historias de personas que fueron repatriadas; sin embargo, el mayor número de ellas salió de Texas. En algunos casos, gente que no era mexicana también fue obligada a dejar sus hogares y enviada a México. Los historiadores calculan que unos dos millones de personas que vivían en Estados Unidos entre 1930 y 1940 fueron "repatriadas" a México.

Como sucede en *Seguimos soñando*, muchas de las familias repatriadas eran de estatus migratorio mixto. Eso significa que algunos miembros de las familias eran inmigrantes o trabajadores migrantes, mientras que otros eran ciudadanos estadounidenses por nacimiento. Para evitar ser separadas, muchas familias salieron de los Estados Unidos por su propia voluntad. Se estima que alrededor de sesenta por ciento de los repatriados eran ciudadanos estadounidenses; muchos de ellos, niños.

El temor a ser separados de sus familias sigue siendo una realidad para muchos de los inmigrantes actuales. De acuerdo al Departamento de Homeland Security de Estados Unidos,

continuación de la NOTA DE LA AUTORA

hubo más de cuatro millones de deportaciones entre 2009 y 2019. Aunque se han propuesto políticas para brindarle la residencia permanente a quienes ingresaron a los Estados Unidos siendo niños indocumentados, han sido rechazadas repetidamente por ambas cámaras del Congreso.

A casi cien años de La Repatriación Mexicana, muchos de nosotros y nuestros seres queridos seguimos soñando con permanecer. Todavía esperamos que la cosas cambien.

Children's Book Press, an imprint of LEE & LOW BOOKS Inc., 95 Madison Avenue,
New York, NY 10016, leeandlow.com
Translated by Luis Humberto Crosthwaite
Edited by Jessica V. Echeverria
Designed by Christy Hale
Production by The Kids at Our House
The text is set in Source Sans Pro
The art was rendered in gouache, ink, and digital mediums
Manufactured in China by Jade Productions
Printed on paper from responsible sources
10 9 8 7 6 5 4 3 2 1
First Edition
Library of Congress Cataloging-in-Publication Data
Names: Martinez, Claudia Guadalupe, 1978- author. | Mora, Magdalena, 1991- illustrator.
Crosthwaite, Luis Humberto, 1962- translator. | Martinez, Claudia Guadalupe, 1978- Still dreaming.
Martinez, Claudia Guadalupe, 1978- Still dreaming. Spanish.
Title: Still dreaming = Seguimos soñando / by/por Claudia Guadalupe Martínez;
illustrated by/ilustrado por Magdalena Mora; translated by/traducido por Luis Humberto Crosthwaite.
Other titles: Seguimos soñando | Description: First edition.
New York: Children's Book Press, an imprint of Lee & Low Books Inc., [2022]
Includes author's note. | Audience: Ages 7-8. | Audience: Grades 2-3.
Summary: "A child dreams of a life without borders after he and his parents
are forced to leave their home during the Mexican Repatriation" —Provided by publisher.
Identifiers: LCCN 2022002008 | ISBN 9780892394340 (hardcover) | ISBN 9780892394777 (ebk)
Subjects: CYAC: Emigration and immigration—Fiction. | Mexican Americans—Fiction.
Mexicans—United States—Fiction. | Family life—Texas—Fiction. | United States—History—
20th century—Fiction. | Spanish language materials—Bilingual. | LCGFT: Picture books. | Historical fiction.
Classification: LCC PZ73 .M27865 2022 | DDC [E]—dc23
LC record available at https://lccn.loc.gov/2022002008